AF358255

14 Avril 1892.

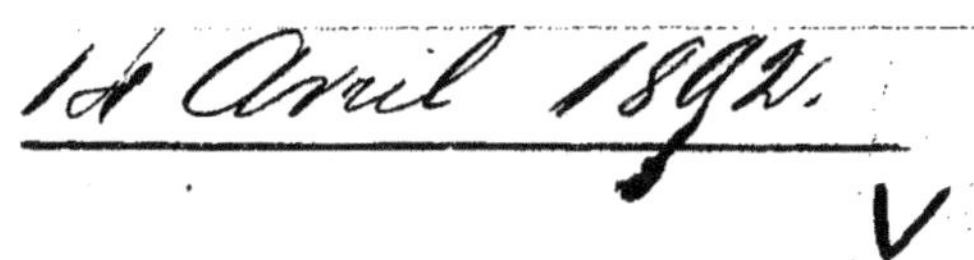

Vente du Jeudi 14 Avril 1892

A DEUX HEURES

HOTEL DROUOT — SALLE No 2

MEUBLES ET BRONZES

DU TEMPS DE L'EMPIRE

COLLECTION DE GROUPES, STATUETTES, BUSTES, FIGURINES
ET MÉDAILLONS DE NAPOLÉON Ier

SCULPTURES

Buste de Napoléon, par Canova, en marbre blanc

BUREAU DE JACOB, MEUBLES DIVERS

EXPOSITION PUBLIQUE

Le Dimanche 10 Avril 1892, de 2 h. 1/2 à 4 h. 1/2

COMMISSAIRE-PRISEUR :

Me Léon TUAL

Rue de la Victoire, n° 56

EXPERT :

M. B. LASQUIN

Rue Laffitte, n° 12

PARIS — 1892

IMPRIMERIE MAULDE ET RENOU

—

A. MAULDE & Cie
IMPRIMEURS DE LA COMPAGNIE DES COMMISSAIRES-PRISEURS
Rue de Rivoli, 144

CATALOGUE

DE

MEUBLES ET BRONZES

DU TEMPS DE L'EMPIRE

COLLECTION DE GROUPES, STATUETTES, BUSTES ET FIGURINES DE NAPOLÉON Ier

Pendules, Candélabres, Ornements, Portraits de chevaux de courses

BRONZES DE MÈNE

SCULPTURES EN MARBRE ET EN TERRE CUITE

BUSTE DE NAPOLÉON Ier, PAR CANOVA

Bureau à cylindre de Jacob, Meubles anciens, Sièges, Armes

Porcelaines, Objets divers

HOTEL DROUOT, SALLE N° 2

Le Jeudi 14 Avril 1892

A DEUX HEURES

Par le ministère de **Me Léon TUAL**, Commissaire-Priseur
rue de la Victoire, 56

Assisté de **M. B. LASQUIN**, Expert, rue Laffitte, 12

EXPOSITION PUBLIQUE

Le Dimanche 10 Avril 1892, de 2 h. 1/2 à 4 h. 1/2

PARIS — 1892

CONDITIONS DE LA VENTE

—

La vente sera faite au comptant.

Les Acquéreurs paieront CINQ POUR CENT en sus des enchères.

A. MAULDE et Cie, imprimeurs de la Cie des Commissaires-Priseurs,
rue de Rivoli, 144.   3oo—23o75

DÉSIGNATION

BRONZES

1 à 20 — Environ quarante pièces en bronze :
Figurines, Statuettes, Bustes, Groupes et Médaillons représentant Napoléon Ier à différentes
époques.

21 — Deux Bustes de Bonaparte et de l'impéra-
trice Joséphine, bronze de l'époque. Sur ce
dernier se trouve l'inscription gravée suivante :
« Donné à la comtesse Krasmska, le 15 août
1809 ».

22 — Important Encrier en bronze, ciselé aux
armes de l'Empire et surmonté d'un aigle.

23 — Corbeille en bronze doré du temps de l'Empire et deux Vases de la même époque sur
socles en marbre.

24 — Petite Pendule surmontée d'une colonne en
bronze.

25 — Guéridon en bronze avec deux tablettes de
brocatelle.

26 — Grand Fauteuil.

27 — Pendule en marbre noir surmontée d'une statue équestre de Bonaparte sur un rocher.

28 — Deux Candélabres de style grec à trépied en bronze doré.

29 — Statuette de Napoléon debout, bronze.

30 — Statuette de Napoléon drapé à l'antique.

31 — Statuette équestre de Napoléon Ier en bronze doré, le cheval en bronze patiné, socle en bois noir.

32 — Seize pièces Bustes et Figurines de Napoléon Ier et de personnages du premier Empire.

33 — Six Presse-Papiers formés d'animaux et deux Médaillons en bronze.

34 — Chien de chasse en bronze, de Mène.

35 — Groupe de deux Chevaux en bronze, de Mène.

36 — Deux petits Bustes de Voltaire et de J.-J. Rousseau, en bronze.

37 — Statuette de Desaix (?) en bronze doré, sur socle en granit.

38 — Statuette équestre d'un personnage de la première moitié du xixe siècle.

39 — Portrait d'un Cheval étalon « Petit Caporal », bronze de Lenorder.

40 — Deux Flambeaux gothiques.

41 — Petit Buste de Sully.

42 — Reproduction de la colonne Vendôme en bronze.

43 — Statuette du duc de Richelieu, en bronze.

44 — Deux Statuettes de Femmes drapées, en
bronze doré, du temps de l'Empire.

45 — Groupe en bronze : Piqueur et deux chevaux.
Portrait d'un cheval en bronze.

46 — Petite Pendule en bronze surmontée d'une
statuette de Napoléon Ier, en bronze doré.

47 — Deux grands Candélabres de la fin du xviii^e
siècle à trépied en bronze ciselé et doré, supportant des cassolettes en bronze bleui ornées
de culots, et supportant une lyre terminée par
des têtes d'aigles d'où s'échappent cinq lumières
garnies de cristaux.

48 — Grand Guéridon à trépied de style antique en
bronze doré, à têtes et pieds de griffons, dessus
de marbre.

49 — Pendule Empire en bronze doré, ornée de
deux figures d'enfants étudiant.

50 — Deux Candélabres Empire : Figures de Re-
nommées en bronze vert, sur bases en bronze
doré.

51 — Deux Flambleaux Louis XVI, enfants Tri-
tons assis sur des fûts en marbre.

52 — Bougeoir de bouillotte, formé de deux fûts
cannelés et un autre à trois lumières. Epoque
Louis XVI.

53 — Pendule Empire à tête de Minerve contenant
le mouvement en bronze vert et bronze doré.

54 — Petite Pendule, borne en bronze doré du
temps de l'Empire, surmontée d'une figurine
d'amour assis dans un casque.

55 — Petite Pendule en bronze vert, ornée d'une statuette de Napoléon Ier, d'une applique d'attributs guerriers et supportée par quatre aigles.

55 — Deux Statuettes en bronze : Volontaires de 1792 et Grenadier de la Garde, 1813.

57 — Deux Médaillons en bronze : David peintre, et Cambacérès.

58 — Petite Pendule Louis XVI supportée par un cheval en bronze.

59 — Deux Figurines : Grenadier et Voltigeur de la Garde, en bronze.

60 — Statuette de Béranger assis, buste de Raucourt.

61 — Encrier en bronze avec figures de Napoléon et d'un deuxième personnage.

62 — Statuette de Marceau debout, en bronze.

63 — Statuette d'Enfant marin en bronze (Le Roi de Rome?)

64 — Statuette d'un général debout, en bronze. Etat de siège 1848.

65 — Groupe en bronze italien : Hercule et Antée. Socle en marbre.

66 — Deux Chiens et divers animaux en bronze formant presse-papiers.

67 — Petits Bronzes, Buste de Louis XV, Figurines, Bustes, Sonnettes, Presse-papiers.

68 — Plusieurs Portraits de Chevaux de courses en bronze.

69 — Grande Jatte en bronze simulant un baquet à deux anses et à pieds griffes de lion.

70 — Aiguière et son Bassin de travail vénitien en cuivre gravé.

71 — Fontaine en forme de vase en étain xviiie siècle.

72 — Fontaine à thé en plaqué du temps de l'Empire, forme cassolette à mufles de lion.

73 — Petit Lustre flamand en cuivre.

74 — Groupes en bronze de Mène.

75 — Bronzes ornements du temps de l'Empire.

76 — Girandoles.

SCULPTURES

77 — Buste de Napoléon, grandeur naturelle, en marbre blanc, par CANOVA.

78 — Buste grandeur naturelle de Napoléon, terre cuite, tête laurée.

79 — Statuette de Mirabeau, terre cuite, par CARPEAUX.

80 — Buste de Guerrier casqué, en terre cuite ancienne.

81 — Buste d'Homme : Dignitaire du temps de l'Empire, en terre cuite.

82 — Deux Chiens en serpentine.

83 — Statuette de Camille Desmoulins au Palais-Royal, terre cuite.

84 — Statuette de Voltaire, en marbre blanc, par ROSSET.

85 — Buste en bronze de Mirabeau.

86 — Buste de Napoléon, en marbre.

87 — Buste d'Homme, en marbre.

88 — Buste de Murat, grandeur naturelle en marbre blanc.

OBJETS DIVERS

89-92 — Armes, Fusils de chasse Louis XIV et Louis XV à montures en fer repoussé, Épées de cour, Couteau de chasse, etc.

93 — Un Tromblon.

94 — Deux Chandeliers à fuseau quadrangulaire et lobes, décorés de paysages et sur les pieds d'oiseaux et d'armoiries en bleu, en faïence de Nevers.

95 — Buste de Bonaparte, premier consul, en biscuit de Sèvres.

96 — Buste de Voltaire en faïence jaune.

97 — Vase en porcelaine du temps de l'Empire, décoré d'un médaillon peint d'après Fragonard.

98 — Tasses en porcelaine de Sèvres, de Vienne, de Chantilly et de Paris du temps de l'Empire.

99 — Jardinières en porcelaine décorée.

100 — Faïences et Terres cuites, Encrier Figurines, Chevaux, Brocs.

MEUBLES EMPIRE ET DIVERS

101 — Commode Empire, en acajou à pilastres, ornés de chapiteaux et d'ornements appliques : flèches, couronnes et rinceaux en bronze doré.

102 — Petite Commode Louis XV, en bois de rose.

103 — Beau Bureau à cylindre du temps de l'Empire orné de moulures de bronze doré, les pieds sculptés à têtes de sphinx. Ce meuble a été exécuté par Jacob.

104 — Console-Support du temps de l'Empire, en forme de temple, à quatre colonnes de marbre turquin, à base contenant un tiroir et entablement en acajou orné de bronzes dorés.

105 — Cabinet en bois d'ébène à moulures guillochées.

106 — Coffres à dentelles en bois de rose, orné de bronzes.

106 *bis* — Guéridon Empire en acajou à trois pieds formés de cygnes en bois doré.

107 — Très grand Bureau plat du temps de l'Empire, en acajou.

108 — Secrétaire Louis XV en bois de violette, dessus de marbre.

109 — Fauteuil Empire en bois sculpté à griffons et doré.

110 — Piédestal en bois sculpté et doré, orné de broderies.

111 — Cabinet à nombreux tiroirs en bois noir.

112 — Deux petites Commodes Louis XV de forme contournée à deux tiroirs en placage de palissandre garnies de bronzes.

113 — Deux Meubles d'entre-deux en bois d'ébène ouvrant à une porte à panneau de laque et garnis de bronzes.

114 — Petite Vitrine de style Louis XV en bois de rose marqueté.

115 — Deux Fauteuils en bois laqué garnis de cuir.

116 — Fauteuil Louis XVI en bois sculpté, à feuilles d'eau, piastres et nœuds de rubans, peint en blanc et garni de cretonne.

117 — Deux Supports Empire en bois peint en vert et dorure.

118 — Table à ouvrage Empire en acajou.

119 — Table à tiroirs Louis XV en bois sculpté.

120 — Glace à bordure Louis XIV, en bois sculpté, et doré.

121 — Petite Console Louis XVI, en bois sculpté dessus de marbre blanc.

122 — Canapé de milieu, style Louis XVI, en bois doré.

123 — Deux Banquettes Louis XVI en bois doré.

124 — Grand Coffre Louis XIII revêtu de cuir et clouté de cuivre.

125 — Coffre en bois sculpté avec bas-relief représentant des naïades.

126 — Coffre bombé en ancien laque à ornements
de cuivre gravé et doré, sur pied en bois
noir.

127 — Petit Coffre gothique à panneaux sculptés
en ogive.

128 — Petit Coffre Renaissance orné d'horloges
sculptées en bas-reliefs.

129 — Coffre Renaissance en bois sculpté à caria-
tides et bas-reliefs figures allégoriques.

130 — Meuble vitré, en bois de chêne sculpté,
avec porte offrant un sujet allégorique en bas-
relief.

131 — Coffre-Banquette à dossier et Accotoirs,
en bois de noyer sculpté.

132 — Grand Lutrin du xviiie siècle, en bois
sculpté, pied triangulaire supportant un aigle.

133 — Meuble Scribon ouvrant à abattants et garnis de tiroirs, en bois de palissandre.

134 — Fauteuil de bureau Louis XV, en bois
sculpté, de forme triangulaire.

135 — Deux Sièges X, en bois noir et Tabouret
Louis XIV, en bois sculpté.

136 — Deux Fauteuils Louis XV, en bois noir
sculpté.

137 — Un Fauteuil de bureau Louis XV, en bois
sculpté, garni de canne dorée.

138 — Pendule Louis XVI, en bois sculpté et
doré, à guirlandes de lauriers.

139 — Baromètre Louis XVI, en bois sculpté et doré, à fronton, médaillon et guirlandes.

140 — Glace étroite Louis XVI, à cadre en bois doré.

141 — Bénitier italien, en bois sculpté et doré, à ramages.

142 — Boîte à thé, en bois marqueté, à attributs.

143 — Coffret rectangulaire, en bois d'ébène incrusté d'ivoire.

144 — Petit Cabinet Louis XIII, en bois noir, à tiroirs incrustés d'ivoire.